Rügen

Sagen und Geschichten

Neu vorgestellt und erzählt von
Krystin Liebert

mit Fotos von
Lutz Gebhardt

Demmler Verlag

Fotos: Lutz Gebhardt

An der Bäderstrasse 7 c
18311 Ribnitz-Damgarten
Telefon: 03 821/ 70 63 97, Fax: 70 88 76
info@demmlerverlag.de
www.demmlerverlag.de

2. ergänzte und erweiterte sowie neu gestaltete Auflage

Satz & Layout:
Matthias Krempien, Grafikdesigner (HBFS)

Druck und Verarbeitung:
DZA Druckerei zu Altenburg GmbH, Altenburg

ISBN 978-3-910150-83-6

ZUM GELEIT

Das Land, wo die Wellen des Meeres den Strand küssen, und wo der Himmel so hoch scheint, dass man ihn kaum mit den Fingerspitzen berühren kann - das ist die Insel Rügen.
Wie ein Schwan breitet die Insel ihre Flügel aus, taucht sie hinein in die Wasser der Ostsee und zeigt sich in ihrer zerlappten Gestalt. Die steilen Kreidefelsen, daneben weißer rinnender Dünensand, seicht wogende Kornfelder und blühende Heiden, die labyrinthischen Buchenwälder von Jasmund, die Nebelschwaden über düsteren Moorseen und die zerklüfteten Küsten von Mönchgut - all dies und natürlich das allgegenwärtige, in seinem Farbenspiel sich ständig verändernde Meer prägt den Geist der Insel.

So reich Rügen an unterschiedlichen Landschaften ist, so reich ist die Insel auch an Sagen und Geschichten. Sagen entstanden in früheren Zeiten, als die Menschen das Wirken der Naturkräfte nicht deuten konnten. Man dachte sich die Natur von Geistern und Naturwesen bevölkert. Sie bewohnten Bäume und Gewässer, man konnte sie im Rauschen des Windes hören und in den Flammen des Feuers sehen. Der Korngeist im Getreidefeld wachte über den sorgsamen Umgang mit dem Erntegut, und der Geist der Dämmerung bestrafte Kinder, die vor der Dunkelheit nicht zu Hause waren.
Weil das Leben vom Wirken der Naturkräfte bestimmt war, verehrten die Menschen diese durch Feste und Dankesopfer.

Auch die Ranen, ein slawisches Seefahrervolk, welches im 6. Jhd. die Insel Rügen besiedelte, lebte mit diesen Vorstellungen von der Natur. Viele Sagen gehen auf ihre Götter und Heiligtümer zurück. Die wohl bekannteste Tempelburg war Arkona. Hier verehrten die Slawen ihren größten Gott Swantevit. Wie sehr das Ostseevolk die Insel besiedelte,

« Am Königsstuhl auf der Insel Rügen

zeigt sich in den vielen Ortsnamen slawischen Ursprungs. Hier treffen wir auch auf die Hexe Baba Jaga, die uns als slawische Babba in den Ortsnamen Baabe, Bobbin oder Babka erscheint.

Die Geschichte Rügens ist jedoch älter. Hünengräber und Dolmen – Rügen ist geradezu übersät damit – erzählen von der Kultur der ersten Siedler. Auch hier ranken sich Sagen um die geheimnisvollen stummen Zeugen, die da erhaben in der Landschaft stehen. Fast immer sind die Hünengräber von Riesinnen erbaut worden, die einen nicht unbedeutenden Platz in Rügens Sagenwelt einnehmen. Einst soll die ganze Insel von ihnen bewohnt worden sein, und die heutige Sagenlandschaft ist geprägt durch ihr Wirken.

Zum Sagenschatz der Insel Rügen gehören auch Geschichten des legendären Klaus Störtebecker, der hier geboren sein soll, und den eine besondere Freundschaft mit der Insel verband. Andere Sagen erzählen schlicht von Recht und Unrecht in der Bevölkerung, von der Wesensart der Menschen und von einigen durch seltsame Ereignisse herausragenden Rüganern. Und schließlich gibt es auch auf Rügen die beliebten Spukgeschichten, die manch einem älteren Bewohner auch heute noch zu entlocken sind.

Sagen erzählen Geschichte. Sie verbinden das was war mit dem was ist. In der Sage verschwimmen die unsere Welt mit der Anderswelt, aber in ihrem Schoße schlummert tiefe Wahrheit. Wir können also den Geschichten lauschen, so wie dies schon viele Jahre zuvor unsere Vorfahren an den warmen Herdfeuern, beim Spinnen oder Flachsen taten. Wir können aber auch durch die Landschaft gehen, mit offenen Sinnen die Orte der Vergangenheit aufsuchen und eintauchen in ihre Erzählungen.

Bei Kap Arkona. Im Hintergrund das Nebelsignalgebäude »

Entstehungssagen

Diese Schöpfungsgeschichte wurde von alten Fischern in Thießow auf Mönchgut erzählt:

Die Entstehung der Insel Rügen

As un Hergott de Welt schaffen den un binah dormit farig wie, stunn he eens Abends si kort vör Sünnenunnergang up Bornholm un keek von hier ut nah de pommersche Küst räwer. Bi em leg die Muurkell un die grote Moll, in de äwer man blot noch'n lütten bäten Ird öwrig wir, denn he harr all den ganzen Dag arbeit't. As he nu so äwer dat Water wegkeek, schient em de pommersche Küst doch gar to kahl to sin; em dücht, so'n bäten müsst dor wohl noch an dan warden. He namm also dat letzte ut de Moll un klackt dat von Bornholm ut an de Küst ran, äwer dat kem nich ganz ranne. So ungefihr'ne Miel vörto feel in dat int Water, un sie entsünn de Hauptdeel von Rügen. Uns Herrgott fohrt gliek noch ess mit de Kell an de Kanten entlang un makt se nah buuten to hübsch glatt un rund, uns so würr Rügen am Enn' grad so'ne Insel worden sin, as all de annern ok sünd.
Intwichen wir die Sünn äwer binah ganz unnergahn, un uns Herrgott wull Fierabend maken. Dorüum kratzt und schrapt he noch fixing alls tosamen, wat in de Moll anbackt wir, un wiel he keen bätere Verwendung dorför harr, klackt he dat ook noch an de Insel ran. So entsünn Jasmund un Wittow. Dat seech zworst'n bäten rucch ut, äwer uns Herrgott dacht: „Nu is Fierabend, nu lat't man so wäesen, as't is."

Kreidefelsen an der Stubnitz »

Geheimnisvolle Orte

Arkona

Am Nordkap der Insel Rügen ragt stark und kühn, der aufschäumenden See trotzend, ein Kreidefelsen empor. Das ist Arkona, der Sitz der alten Götter. Hier sind die Elemente in ihrer stärksten Kraft zu spüren, und vielleicht wählten deshalb die Slawen diesen Ort zu ihrem Heiligsten. Noch heute sieht man die Überreste der einst so weit bekannten Tempelburg, der Jarimarsburg. Prunkvolle Feste begingen die Slawen hier zu Ehren ihres höchsten Gottes Swantevit. Der Tempel war reich mit Schnitzereien verziert und in seiner Mitte erhob sich, von kostbaren Vorhängen umgeben, das acht Meter hohe Standbild des viergesichtigen Gottes. In seinem Arm trug er das Füllhorn mit frischem Met, denn es hieß, wenn am Ende der Welt die Sonne stürbe, versorge er die Seelen mit himmlischer Nahrung. Das große Fest des Swantevit in Arkona war das Erntefest, und die Leute strömten von nah und fern. Sie brachten dem Gott Speise- und Viehopfer dar. Ein Honigkuchen, so groß und breit wie ein Mensch wurde gebacken und in die heilige Halle getragen. Hinter ihm stand der Hohepriester, und konnte sein Volk ihn noch erblicken, so war der Kuchen zu klein, und es wurde dem Swantevit versprochen, beim nächsten Erntefest einen größeren zu backen.

Der Hohepriester weissagte auch aus dem mit Met gefüllten Füllhorn. War der Stand des Weines noch auf gleicher Höhe wie im Jahr zuvor, so stand den Inselbewohnern ein gesegnetes Jahr bevor. Der alte Met wurde als Opfer ausgegossen, und das Horn mit frischem Wein aufgefüllt. Der Hohepriester eröffnete darauf im Namen des Swantevit das Erntefest, und es begann ein Speise- und Trinkgelage, und das Volk feierte ausgelassen bis zum nächsten Morgen.

Vorbei war es mit dem alten Kult, als im Jahre 1168 die Dänen Rügen eroberten und das Christentum einführten. Die Statue des Swantevit wurde unter Wehklagen des Volkes zerschlagen und verbrannt. Und auch die Tempelburg wurde in Brand gesteckt: All das, was die Rüganer verehrten, fiel nun den lodernden Flammen zum Opfer. Bald nach der Übernahme wurden die noch erschütterten Menschen vom christlichen Priester getauft und an den Gottesdienst gewöhnt.

Die Sage von der Stadt Arkona

Da wo heute die Wellen das Nordkap der Insel Rügen umspülen, lag einst die reiche See- und Handelstadt Arkona. Ihre Schiffe fuhren bis in die fernsten Länder und kehrten voll beladen zurück. Und auch der Fischfang bescherte der Stadt reichen Segen. Arkona stand in seiner vollsten Blüte, und alle Bewohner waren zufrieden und glücklich, als eine einzige Sturmflut dem Reichtum und der Herrlichkeit ein Ende bereitete. In jener Nach versank Arkona in den Wellen des Meeres, und dort ruht die Stadt bis zum heutigen Tag.
Manchmal, in nebligen Nächten ist die Stadt als Schleier auf der Oberfläche des Wassers sichtbar, und man kann dem Treiben seiner stolzen Bewohner zusehen. „Arkona wafelt“, sagen die Rüganer dann. Andere erzählen, dass am Ostermorgen die Glocken der Stadt vom tiefen Meeresgrund aus erklingen.

Die Sage vom Herthasee

Es ist schon etwas Besonderes, dass die Göttin Hertha bis heute in Sagen fortlebt, denn ihre Verehrung geht zurück in die Zeit, als germanische Gemeinschaften das Land besiedelten. Ihr verdanken wir das Wort „Erde“ und im Mittelalter galt sie den Frauen als besondere Schutzherrin. Ihr wichtigstes Heiligtum, so ist überliefert, liege auf einer Insel im Meer. Möglicherweise war dies die Insel Rügen, denn vieles deutet darauf, dass die Göttin Hertha hier verehrt worden ist. So liegt inmitten des Buchenwaldes auf Jasmund still und schön der Herthasee. Ein Stück weiter im Wald auf einer kleinen Lichtung stand stolz mit mächtiger Krone die Herthabuche. Einmal im Jahr versammelten sich hier die Stammesältesten, um dem Flüstern der Göttin im Rauschen der Zweige zu lauschen. Unweit des Sees liegt der Pfennigkasten, ein geöffnetes Steinkistengrab, in welchem das der Göttin geopferte Geld verwahrt sein sollte. Auch die Herthaburg, ein Burgwall nahe der Stubbenkammer scheint in Verbindung mit der Göttinverehrung zu stehen. Man sagt, hier habe die Göttin in alten Zeiten ihren Wohnsitz gehabt.

Es ist lange her, als Jahr für Jahr zur Erntezeit das Fest zu Ehren der Göttin Hertha gefeiert wurde. Auf einem tuchbedeckten Wagen stand die Statue, und vor ihr der Priester, der auf den Augenblick wartete, da die Göttin selbst gegenwärtig war. Dann begann die feierliche Prozession. Der Wagen der Göttin wurde mit Kühen bespannt, und das Volk begleitet und bejubelte den Zug, der von der Herthaburg hinab zum verborgenen Herthasee verlief. Dabei wurden Pflüge mitgeführt, Symbole für die Fruchtbarkeit der Erde. Während dieser Zeit ruhten alle Kämpfe und alle Türen standen offen, damit der Segen der Göttin in die Häuser fahren konnte. In den Wassern des Herthasees wurde die Statue gebadet, und sobald der Priester bemerkte, dass die Göttin der menschlichen Gesellschaft müde war, kehrte die Prozession zurück zum Heiligtum. Die Diener aber, die die Göttin wuschen, konnten nach ihrem Anblick offenbar kein normales Leben mehr führen und wurden deshalb geopfert.

Vor vielen Jahren, so erzählt man, sah eine Bewohnerin der Insel die Göttin mit ihren Gespielinnen in weißen Schleiern auf dem See tanzen. Jedoch müsse man genau hinsehen und hinhorchen, denn sie seien leicht mit den Nebelschwaden, die vom Moorsee aufstiegen, zu

Leuchtturm Kap Arkona »

verwechseln. Es heißt auch, dass nur Frauen dem herrlichen Reigen zusehen könnten. Erblickt aber ein Mann das Antlitz der Göttin, so verfällt er in Liebeswahn und läuft geradewegs in den Moorsee hinein, was kein gutes Ende nimmt, wenn er nicht schwimmen kann. So sollen die Legenden von den Menschenopfern entstanden sein.
Auf einer kleinen Lichtung, wo einst die Herthabuche stand, sollen sich in mondhellen Nächten die Elfen zum nächtlichen Reigen treffen. Nach einem Bad im Herthasee versammeln sie sich an dem alten Baum und tanzen bei leise klingender Musik.
Das Wasser des Herthasees soll heilkräftig sein, und wer den See hundertmal umschreitet, wird hundert Jahre alt.

Die Sage vom Königsstuhl

Von der alten Zeit, als es im Land noch Helden gab, erzählt diese Sage. Denn damals konnte man nicht so ohne weiteres König werden. Die Göttin bestimmte darüber, wer den Thron bestieg und wer nicht, und stellte die mutigen Männer auf eine harte Probe. Von Seeseite aus mussten sie den hundertneunzehn Meter hohen Kreidefelsen erklimmen. Wem dies gelang, der durfte dann den Thron Ruganas besteigen.
Nun fand sich aber schon lange kein würdiger Herrscher, und die Göttin ließ die Mutigen allesamt die Klippen hinabstürzen. Sie war erzürnt, denn die Keristen übernahmen das Land, führten neue Regeln ein und erschwerten den Menschen das tägliche Leben. So blieb das Land ohne führende Hand. Die Herren jedoch wurden unruhig und suchten nach einem Schuldigen für die missglückten Versuche ihrer Helden. Sie nahmen sich die Regeln der Keristen, in die Ehe rein zu gehen, als Vorbild. Diese war aber im alten Rügen nicht verbreitet, und so fanden sie in der Herthaburg eine Priesterin, die einen Ritter liebte und diesen allnächtlich im Walde traf.

Kreidefelsen an der Stubnitz

Die unglückliche Frau musste mit bloßen Füßen einen Stein besteigen, und es heißt, ihre Füße und die des Kindes, das sie in ihrem Leib trug, hätten sich ins harte Gestein gedrückt. Die Herren sahen darin ihren Beweis, zerrten die Priesterin auf die Klippen und stießen sie hinab. Die Göttin aber hatte genug von den Untaten und fing die Priesterin auf ihren Schwingen auf. Diese trugen sie in die Arme ihres Geliebten, der auf einem Schiff wartete, um mit seiner Liebsten übers Meer zu fliehen.
Der Stein aber, Sagenstein genannt, liegt heute noch am Wegrand.

Vom Hausgeist Puk und anderen kleinen Wesen

In früheren Zeiten, als die Familien sich allabendlich an den Herdfeuern trafen, wurde der kleine Hausgeist namens Puk verehrt. Der Glaube an den Puk ging im späten Mittelalter aus dem alten heidnischen Ahnenkult hervor, bei dem der Hausvater unter dem Herd bestattet wurde, um der Familie nahe zu bleiben. Später erschienen die verwandten Seelen in Gestalt des kleinen Haugeistes Puk. In seinem roten Jäckchen ließ er sich mit Vorliebe auf dem Herd oder hinter dem Ofen nieder. Stets brannte für ihn das Herdfeuer, und zu bestimmten Zeiten brachte man ihm Speiseopfer dar. Dafür stand er seiner Familie zu Diensten und brachte Wohlstand und Glück.

Der Puk im Brunnen

In Alt-Reddevitz lebte Guste, die Tochter eines Bauern. Ihre Mutter war schon lange tot, und ihr Vater war sehr krank, so dass sie die Wirtschaft alleine führen musste. Die Leute im Dorf sagten, sie sei das liebste Mädchen, das sie kannten und so halfen sie ihr, wo sie nur konnten.
Eines Nachts bat der Vater um einen Schluck Wasser. Guste lief in die Küche, doch alle Eimer waren leer. So ging sie hinaus zum Brunnen, um für ihren Vater das frischeste Wasser zu holen. Als sie den Eimer in den Brunnen senkte, hörte sie ein leises Stimmchen. Guste erschrak, aber sie war tapfer und rief in den Brunnen: „Ist jemand dort unten? „ Das Stimmchen antwortete: „Ja, hilf mir, sonst ertrinke ich!" Schnell ließ Guste den Eimer hinunter und zog ihn vorsichtig wieder hoch. Aber was war das! Da hielt sich ein kleines Kerlchen am Eimer fest. Der Puk sprang auf den Brunnenrand und dankte Guste. Er legte ihr ein Kräutlein in die Hände und sprach: „Koch deinem Vater einen Tee damit, und er wird wieder gesund werden. Und hier

« S. 18/19 An den Wissower Klinken

hast du für deine Hilfe einen kleinen Beutel. Wenn du hineingreifst, wirst du soviel finden, wie du brauchst.“ Mit diesen Worten war der Puk verschwunden.
Guste machte dem Vater am nächsten Morgen den Tee, und schon bald kam er wieder zu Kräften. Guste war so froh, und die Arbeit ging wieder besser voran. Oft dachte sie noch an den dankbaren kleinen Puk.

Der Puk und das Geschenk

Ein alter Mönchguter Bauer namens Martin Looks, ging mit seiner Tochter Regine eines Abends von Groß-Zicker nach Göhren. Auf halben Wege, als sie zu den beiden alten Weiden kamen, da sahen sie am Wegesrand ein kleines Kerlchen, das ein helles Feuer schürte. „ Sieh Regine“, sagte der Bauer, „das ist ein Puk. Lass uns schnell weitergehen, dass er uns nicht bemerkt. Denn einem Puk kann man nicht trauen.“ Und gerade als sie vorbeigingen, riss eine schwache Brise Regines Tuch vom Hals geradewegs in die Flammen des Feuers.
„Mein schönes Tuch!“, jammerte Regine, und sie sahen zu, dass sie heil in Göhren ankamen.
Als sie auf dem Rückweg am nächsten Tag die Stelle erreichten, wo das Feuer brannte, konnte Regine ihren Augen nicht trauen. Da lag ihr Tuch und darauf ein Haufen voller Geldstücke. Freudig nahm sie diesen kostbaren Schatz und sagte zum Vater, der ganz wunderlich dreinschaute: „Und du sagtest, man könne einem Puk nicht trauen? Er ist wohl besser als so mancher Mensch, denn hätte ein Mensch mein Tuch gefunden, hätte ich es vielleicht nicht wiederbekommen.“

So wie der Puk Haus und Hof beschützte, so bewahrte der Klabautermann die Seemänner und Kapitäne vor Unheil.
Wenn eine Mannschaft ein neues Schiff besetzte, zog auch der Klabautermann als Schiffsgeist ein. Er half den Matrosen bei der täglichen Arbeit und beschützte sie in großen Unwettern. Gesehen haben ihn nur wenige, aber man kann den kleinen Schiffsgeist mit jedem Knarren und Ächzen des Schiffholzes hören.

Wie ein Klabautermann entsteht

Wenn ein Kind sich einen Knochen bricht, wird ein junger Eichenbaum gespalten, das Kind bei Sonnenaufgang dreimal durch den Spalt gezogen und dieser wird wieder zusammengebunden. So wie der Baum zusammenwächst, so verwächst auch der Bruch. Stirbt ein auf diese Weiser geheilter Mensch, so geht sein Geist in den Baum über. Wenn dieser dann nach Jahren gefällt und zum Schiffsbau genutzt wird, so entsteht aus dem im Holze weilenden Geiste der Klabautermann.

Es gab eine Zeit, da war das alte Land Mecklenburg neben den Menschen von einem vergnüglichen Völkchen, den Unterirdischen bewohnt. Diese kleinen Wesen, die einem Mann gerade bis zu den Knien gingen, lebten in Gemeinschaften meist unter der Erde. Ganze Labyrinthe von Gängen sollen sie unter den Städten und Dörfern angelegt haben. Für die Menschen waren sie unsichtbar, wenn sie ihre Kappen trugen. Aber hin und wieder zeigten sie sich, denn es hieß, sie kauften den Menschen Gerste für Bier und auch Getreide ab. Die Unterirdischen halfen Menschen, die in Not gerieten, sie liebten aber auch die Streiche.

Es war wohl eine sonderbare Zeit damals, und die Menschen waren besonders aufmerksam, denn die kleinen Wesen konnten überall ihren Schabernack treiben.

« S. 23/24 Pfarrwitwenhaus in Groß Zicker

Die Unterirdischen im Dobberworth

Der Dobberworth, eines der größten Hünengräber der Insel, war einst von den Unterirdischen bewohnt. Sie kauften Nahrungsmittel von den umliegenden Gehöften, und so baten sie einmal einen Bauern, er möge ihnen eine Fuhre Getreide an den Dobberworth bringen. Der Bauer kam zur verabredeten Stunde und wunderte sich, weil er das Korn wohl mitten auf dem Feld abladen sollte. Als er aber den Dobberworth erblickte, war dieser weit geöffnet, und er fuhr mit seinem Wagen ein Stück hinein. Da kamen auch schon die kleinen Männchen und dankten dem Bauern mit so viel Gold, wie seine Pferde zu ziehen vermochten. Jedoch durfte er sich auf dem Rückweg nicht umdrehen. Als der Bauer aber aus dem Berg fuhr, musste er einfach einen Blick auf das Gold werfen. Und siehe da - der Berg verschloss sich. Der Bauer kam noch einmal davon, der halbe Wagen und das Gold aber blieben vom Dobberworth verschlungen.

Wie der Drak das Korn drischt

Dass der Bauer Nijar einen Drak hatte, wusste jeder im Dorfe Zirkow. Oft sah man über den Abendhimmel einen feurigen Schweif durch die Lüfte ziehen, geradewegs in den Schornstein des Bauerns. Eines Nachts wachte der Nachbar des Bauern Nijar auf, weil in der Scheune nebenan gedroschen wurde. Ärgerlich darüber stieg er aus seinem Bette auf, um nachzusehen, was da vor sich ging. „Zum Teufel, Nijar", rief er, „was drischst du denn die ganze Nacht!" Aber vom Nijar war keine Spur, aber in der Scheune stand ein kleiner Kerl, der klopfte auf jede einzige Ähre und sagt dazu einen Reim. Dem Nachbar kam das sonderbar vor und ging kopfschüttelnd nach Hause.
Nijat aber maß am nächsten Morgen zwölf Scheffel Weizen ab, denn soviel hatte ihm der Drak gedroschen. Da war es eine Leichtigkeit, reich zu werden.

Der gläserne Schuh

Ein Bauer aus Rothenkirchen, Johann Wilde genannt, fand einmal einen gläsernen Schuh auf einem Berge, wo die kleinen Leute zu tanzen pflegten. Er steckte ihn flugs ein und lief damit weg. Dabei hielt er die Hand so fest in der Tasche, als habe er eine Taube darin. Denn er wusste, dass er einen Schatz gefunden hatte, den die Unterirdischen teuer wiederkaufen müssten. Andere sagen, Johann Wilde habe die Unterirdischen mitternächtlich belauert und einen von ihnen den Schuh ausgezogen, indem er sich mit einer Branntweinflasche dort hingestreckt und gleich einem Betrunkenen gebärdet habe. Denn er war ein sehr listiger und schlimmer Mensch und hatte durch seine Verschlagenheit manchen betrogen und war deswegen bei seinen Nachbarn gar nicht gut angeschrieben. Keiner hatte gern mit ihm zu tun. Viele sagen auch, er habe verbotene Künste gekonnt und mit Unholden und alten Wettermacherinnen geheimen Umgang gepflegt. Als er den Schuh nun hatte, teilte er es denen, die unter der Erde wohnen, mit und, dass er um Mitternacht zu den Neun Bergen ginge. Dort angekommen, schrie er lauthals: „Johann Wilde in Rothenkirchen hat einen schönen gläsernen Schuh, wer kauft ihn ? Wer kauft ihn?" Denn er wusste, dass der Kleine, der den Schuh verloren hatte, den Fuß solange bloß tragen musste, bis er ihn wiederbekäme.
Und das war keine Kleinigkeit, da die Unterirdischen meist auf harten und steinernen Boden lebten. Der Kleine säumte auch nicht, ihn wieder einzulösen. Denn sobald er einen freien Tag hatte, wo er an das Tageslicht durfte, klopfte er als ein zierlicher Kaufmann an Johann Wildens Tür und fragte, ob er nicht einen gläsernen Schuh zu verkaufen habe. Denn sie seien jetzt eine gute Ware und würden auf allen Märkten gesucht. Der Bauer antwortete, er habe einen sehr kleinen netten gläsernen Schuh, so dass auch eines Zwergen Fuß davon geklemmt werden müsse; aber das sei ein seltener, kostbarer und teurer Schuh und nicht jeder Kaufmann könne ihn bezahlen.

Der Kaufmann ließ ihn sich zeigen und sprach: „Es ist eben nichts so seltenes mit den gläsernen Schuhen, lieber Freund, als Ihr hier in Rothenkirchen glaubt, weil Ihr nicht in die Welt hinauskommet". Dann sagte er nach einigen Überlegungen: „Aber ich will ihn doch gut bezahlen, weil ich gerade ein Gespann dazu habe." Und er bot dem Bauern tausend Taler an. „Tausend Taler ist Geld, pflegte mein Vater zu sagen, wenn er fette Ochsen zum Markt trieb" -sprach der Bauer spöttisch. „Aber für den lumpigen Preis kommt er nicht aus meiner Hand..."

„Hör er, Freund, ich habe von dem gläsernen Schuh so ein Liedchen singen hören, und um einen Quark kommt er nicht aus meiner Hand. Kann er nicht die Kunst, mein lieber Mann, dass ich in jeder Furche, die ich auspflüge, einen Dukaten finde, so bleibt der Schuh mein, und er fragt auf anderen Märkten nach gläsernen Schuhen." Der Kaufmann machte noch viele Versuche und Wendungen hin und her; aber da er sah, dass der Bauer nicht nachließ, tat er ihm den Willen und schwur's ihm zu. Der Bauer glaubte es ihm und gab ihm den gläsernen Schuh; denn er wusste, mit wem er es zu tun hatte. Und der Kaufmann ging mit seinem Schuh von dannen. Nun hat der Bauer sich flugs in seinen Stall gemacht und Pferde und Pflug bereitet und ist ins Feld gezogen und hat sich ein Stück mit der aller kürzesten Wendung ausgesucht, und wie der Pflug die erste Scholle gebrochen, ist der Dukaten aus der Erde gesprungen. So hat er's bei jeder neuen Furche gemacht. Da ist des Pflügens denn keine Ende gewesen, und der Bauer hat sich bald noch acht neue Pferde gekauft und auf den Stall gestellt zu den achten, die er schon hatte. Ihre Krippen sind nie leer geworden vom Hafer, damit er je alle zwei Stunden zwei frische Pferde anschirren und desto rascher treiben konnte. Der Bauer ist unersättlich gewesen im Pflügen und ist immer vor Sonnenaufgang ausgezogen und hat oft noch nach Mitternacht gepflügt, immerfort, solange die Erde nicht zu Stein gefroren war, Sommer und Winter.

Er hatte aber immer alleine gepflügt, da andere nicht sehen sollten, warum er so viel pflügte. Und so ist er mit der Zeit viel geplagter gewesen, als seine Pferde, welche den schönen Hafer fraßen und ordentlich Schicht und Wechsel hatten. Er aber ist bleich und mager geworden von dem vielen Wachen und Arbeiten. Seine Frau und Kinder hatten keine Freude mehr an ihm. Auf die Schenken und Gelage ist er auch nicht mehr gegangen und hat sich allen Leuten entzogen und kaum ein Wort gesprochen, sondern ist stumm und in sich gekehrt so für sich hingegangen und hat des Tages auf seine Dukaten hin gearbeitet und des Nachts hat er sie gezählt und darüber grübeln müssen, wie er noch einen geschwinderen Pflug erfände. Seine Frau und die Nachbarn haben ihn bejammert wegen seines wunderlichen Tuns und wegen seiner Stummheit und Schwermut und hatten geglaubt, er sei närrisch geworden. Auch haben alle Leute die Frau und Kinder bedauert, denn sie meinten, durch die vielen Pferde, die er auf dem Stalle hielt, und durch die verkehrte Ackerwirtschaft mit dem überflüssigen Pflügen müsse er sich und seine Familie um Haus und Hof bringen. So ist es aber nicht gekommen. Aber der Bauer selber hatte auch keine vergnügte Stunde mehr, seit er so die Dukaten aus der Erde pflügte, und es hat wohl mit Recht von ihm geheißen: Wer sich im Golde ergibt, ist schon halb in des Bösen Klauen. Auch hat er es nicht lange ausgehalten mit diesem Laufen in den Furchen bei Tag und Nacht. Denn als der zweite Frühling kam, ist er eines Tages hinterm Pflug hingefallen wie eine matte Fliege und vor lauter Golddurst vertrocknet und verwelkt. War er doch vorher ein starker und lustiger Mensch gewesen, ehe er den unterirdischen Schuh in seine Gewalt bekam. Seine Frau aber fand nach ihm den Schatz, zwei große vernagelte Kisten voller heller, blanker Dukaten. Seine Söhne haben sich große Güter gekauft und sind Herren und Edelleute geworden. So machte der Teufel zuweilen auch große Herren. Aber wer hat das dem armen Johann Wilde gefrommt?

Svantevit- Holzplastik auf Kap Arkona »

Der eiserne Pflug

Vor dem Felde eines Bauern stand am Wege ein steinernes Kreuz. Einmal sah er auf dem Kreuz einen schönen, blanken Wurm von solchem Glanze, als er sich nicht entsann, je einen solchen Wurm gesehen zu haben. Er wunderte sich darüber, doch ließ er ihn ruhig sitzen. Aber der Wurm blieb nicht lange still, sondern lief immer hin und her auf dem Kreuze, als ob er fort wolle und Angst habe.
Der Bauer sah denselben Wurm auch an den folgenden Morgen wieder in derselben Unruhe hin und her laufend, und es fing an, ihm dabei unheimlich zu werden. Er dachte bei sich: „Sollte dies auch einer von den kleinen Hexenmeistern sein? Richtig ist es nun einmal mit dem Wurm nicht. Er läuft wie einer, der ein böses Gewissen hat, wie einer, der weg will und nicht kann." Und er kam auf allerlei Gedanken, denn er hatte von seinem Vater gehört und von anderen alten Leuten, dass, wenn die Unterirdischen zufällig an etwas Geweihtes geraten, sie festgehalten werden und nicht von der Stelle können, und, dass sie sich deswegen sehr in Acht nehmen müssen. Er dachte aber auch: „Es mag wohl auch was anderes sein, und du tust vielleicht Sünde, wenn du das Würmchen störst oder wegnimmst." So ließ er es denn sitzen. Als es aber noch zweimal ebenso wieder gefunden hatte und in derselben Angst herumlaufend sah, sprach er: „Nein, es ist nicht richtig! Und nun darauf in Gottes Namen !" Und er griff nach dem Wurm, der sich wehrte und festklebte. Er aber hielt ihn sicher und riss ihn mit Gewalt los und hatte mit einem Male einen kleinen, hässlichen, schwarzen Kerl, sechs Daumen hoch, beim Schopfe, der erbärmlich schrie und zappelte. Dem Bauer schauderte ob der plötzlichen Verwandlung, doch er hielt seine Beute fest und rief ihm zu, indem er ihm einige Klapse vor den Hintern gab: "Geduld, Geduld, mein Bürschchen! Wäre es mit dem Schreien getan, so müsste man die Helden in der Wiege suchen. Wir wollen dich einstweilen ein wenig mitnehmen und sehen, wozu du gut bist." Der kleine Kerl zitterte

und bebte an allen Gliedern und fing dann an, erbärmlich zu wimmern und den Bauern anzuflehen, dass er ihn losließe. Der Bauer sagte aber: „Nein, Gesell, ich lasse dich nicht los, bis du mir sagst, wer du bist und wie du hierher gekommen, und was du für Künste kannst, womit du in der Welt dein Brot verdienst.“ Da grinste und kopfschüttelte das Männchen und sagte kein Wort. Es bat und flehte auch nicht mehr, und der Bauer musste nun anfangen zu bitten, wenn er etwas aus ihm herauslocken wollte. Aber das half ihm nichts. Da verprügelte er den Kleinen erneut, aber auch das half nichts. Der kleine Schwarze blieb stumm wie das Grab, denn diese Art ist die allertückischste und allereigensinnigste von den Unterirdischen.

Da ergrimmte der Bauer und sprach: „Nur Geduld, mein Kind! Ich wäre ein Tor, wenn ich mich an einem solchen Knirps ärgern wollte; du sollst mir schon kirr werden.“ Und der Bauer lief flugs mit ihm nach Hause und steckte ihn in einen schwarzen und rußigen Eisengrapen und stieß den eisernen Deckel drauf und legte auf den Deckel einen großen schweren Stein und setzte ihn in eine dunkle Kammer und sprach: „Steh du hier und friere, bis du schwarz wirst! Du sollst mir zuletzt schon gute Worte geben.“ Und der Bauer ging jede Woche zweimal in die Kammer und fragte seinen schwarzen Gefangenen, ob er nun Ton gebe wolle. Der Kleine aber war und blieb stumm. Das hatte der Bauer wohl sechs Wochen vergeblich getan. Da kroch sein Gefangener endlich zu Kreuze. Er rief ihn nun von selbst an, er möge kommen und ihn aus seinem garstigen und stinkenden Kerker nehmen. Er wolle nun gerne alles tun, was er von ihm haben wolle. Der Bauer gebot ihm zuerst, ihm die Geschichte zu erzählen. Der kleine Schwarze antwortete: „Lieber nicht, denn du weißt das so gut wie ich, sonst hättest du mich nicht hier. Siehe, ich bin dem Kreuze vor ungefähr zu nahe gekommen und das dürfen wir kleinen Leute nicht, und da bin ich fest geworden und musste dem Leibe nach sogleich sichtbar werden. Da habe ich mich, damit sie mich nicht erkennen, in einen Wurm verwandelt. Du aber hast es erraten. Und so habe ich mich denn gegen dich gewehrt, denn wir haben ein natürliches Grauen, uns von Menschenhänden fassen zu lassen. „Ei! Ei! Klingst du mir da hinaus?“ rief der Bauer, „also ein natürliches Grauen? Oh, glaube mir, ich hab’ es vor dir auch, mein schwarzer Freund! Und deswegen sollst du geschwind weg, und wir wollen unsern Handel miteinander kurz abmachen. Aber erst musst du mir was schenken.“ „Was du willst, begehre nur“ sprach der Kleine. „Silber und Gold und Edelsteine und kostbares Gerät – alles soll im Augenblick dein sein.“ „Silber und Gold und Edelsteine und andere solche blanke Herrlichkeit will ich nicht“, sprach der Bauer „die haben schon manchen das Herz verschoben und den Hals gebrochen. Und wenige werden darüber des Lebens froh. Ich weiß, ihr seid künstliche Schmiede und habt so manches Besondere für euch, was andere Schmiede nicht wissen. So schwöre mir denn. Du willst mir einen eisernen Pflug schmieden, den das kleinste Füllen ziehen kann, ohne müde zu werden – und dann laufe, soweit deine Beine dich tragen!“ Und der Schwarze schwur, und der Bauer rief: „Nun mit Gott! Du bist frei!“ Und der Kleine verschwand im Nu.

Und den anderen Morgen, ehe noch die Sonne aufging, stand ein neuer, eiserner Pflug auf dem Hofe des Bauern, und er spannte seinen Hund davor, und der Hund zog den Pflug, der wie ein gewöhnlicher Pflug von Größe war, durch das schwerste Kleiland, und der Pflug riß mächtige Furchen. Diesen Pflug hat der Bauer viele Jahre gebraucht und das kleinste Füllen und magerste Pferdchen konnte ihm zur Verwunderung aller Leute durch den Acker ziehen.
Der eiserne Pflug hat den Bauern zu einem wohlhabenden Mann gemacht, denn er kostete kein Pferdefleisch und der Bauer hat ein lustiges und vergnügtes Leben dabei geführt.

Mohn auf dem Mönchgut »

S. 34/35 Nonnensee bei Bergen »

Die stillen Wächter aus grauer Vorzeit

Überall in der Landschaft Rügens trifft man auf Hünengräber, Dolmen oder auch auf einzelne große Findlinge. Manche von ihnen tragen Spuren und Zeichen auf ihrer Oberfläche. Ein Frauenfuß, ein Fingerabdruck, und was hat es wohl mit den rätselhaften Schälchensteinen auf sich? Beim Betrachten der alten Steine und Steinanlagen kann man leicht Geschichten und Phantasien entwickeln. Viele Sagen sind von ihnen überliefert.

Eine Besonderheit der Insel sind die Schwan- und Adebarsteine, die an den Ufern der Küsten oder auch im Wasser liegen. Nach einer alten Vorstellung bringt der Schwan oder der Storch Adebar die neugeborenen Kinder. Diese werden, nachdem sie aus der Ostsee geholt werden, auf den Schwan- und Adebarsteinen zum Trocknen in die Sonne gelegt, bevor sie dann den Müttern in den Schoss getragen werden.

Der Buskamen

Am Nordstrand von Göhren, etwa dreihundert Meter vom Ufer entfernt, ragt er aus dem Meer – der Buskamen. Der „Gottesstein", wie er nach einer alten slawischen Bezeichnung benannt wird, ist wohl der größte Findling an Rügens Küste. Seine Oberfläche ist mit zahlreichen Schälchen besetzt, und die vielen Sagen um ihn deuten auf seine starke Anziehungskraft. Was hat dieser Stein wohl zu erzählen? Auf jeden Fall ist der Buskamen ein Stein, auf dem seit jeher Feste begangen wurden. Und dies ist nicht verwunderlich, denn bis zu dreißig Leute sollen auf ihm Platz finden. Zum Johannistag finden sich hier die Seejungfrauen ein, um in fröhlicher Runde zu speisen und zu tanzen. Aber nur Menschen, die an Johanni geboren sind, können ihnen dabei zusehn. Sobald es zwölf schlägt, versinken dann die Seejungfrauen in den Tiefen des Meeres.

S. 38/39 Großsteingrab Nobbin »

In der Walpurgisnacht versammeln sich die Hexen aus allen vier Winden auf dem Stein und führen ihre wilden Tänze auf. Und auch die Göhrener Hochzeitsgesellschaften vergnügten sich hier.
Und so liegt der Buskamen nun da, bereit für den nächsten Tanz.

Das Hünenbett von Nobbin

Auf dem Wanderweg von Juliusruh zum Kap Arkona ragt auf den hohen Ufern des Meeres eine wundersame Anlage von Steinen empor. Zwei mannshohe Wächtersteine auf der Meerseite bewachen das nach landeinwärts liegende Grab, von dem man sagt, dass darunter eine Hüne mit vielen Schätzen begraben liegt. Aufgebaut ist es von einer Riesin, zur Zeit, als die ganze Insel von Riesinnen bewohnt war. Und wer sonst sollte in der Lage gewesen sein, solche Steine zusammenzutragen und aufzurichten, wenn nicht eine riesenhafte Gestalt?

Der Dobberworth

Auf der Halbinsel Jasmund, südlich von Sagard, erhebt sich ein ungeheuer großes Hünengrab. Man braucht siebzig Schritte, um es zu umrunden, und oben ist es wild mit Sträuchern und Dornen bewachsen. Es heißt, hier sei eine Riesin begraben, und eine andere hätte ihr dieses mächtige Grab errichtet. Die Leute in Sagard wissen es aber besser und erzählen eine andere Geschichte. Demnach waltete über Jasmund vor undenklichen Zeiten eine Riesin, welche sich in den Fürsten von Rügen verliebt hatte. Dieser aber wollte sich nicht mit einer Riesin einlassen und gab ihr einen Korb. Das erzürnte die Riesin so sehr, dass sie ihre Kriegsleute zusammenrief. Sie wollte über die Landenge zwischen dem Großen und Kleinen Jasmunder Bodden gegen den Fürsten ziehen. Dazu musste sie die Landenge mit Sand und Steinen zuschütten. So trug sie das Geröll in ihrer Schürze und kam aber nicht weit. Bei Sagard riss die Schürze, und ihr Inhalt türmte sich zu einem Berg auf, der heute der Dobberworth heißt.

Die sieben Steinreihen auf der Prore

Die Halbinsel Jasmund ist mit dem Inselkern durch eine schmale Landenge verbunden, die Prore genannt wird. Schaut man von hier aus zum Prorer Wiek, so sieht man auf sieben Steinreihen. Die Wellen des Meeres können sie nicht erreichen, und doch sehen die Steine wie von Wogen geglättet aus. Es wird erzählt, dass es vor sehr vielen Jahren einen Wind gab, der sieben Jahre lang ununterbrochen aus Nordosten blies. Jedes Jahr soll so eine dieser Steinreihen entstanden sein.

Der Riese Balderich

Als die Insel noch von Riesen bewohnt war, stand eines Tages der Riese Balderich auf dem Tannenberg bei Putbus. Er hatte einen guten Blick und sah geradewegs auf Vilmnitz, wo ein paar Menschenkinder eine Kirche erbauten. „Lass die Würmer ihren Ameisenhaufen nur aufbauen. Wenn er fertig ist, werfe ich ihn nieder!“ sprach der Riese und suchte schon nach einem mächtigen Stein. Als die Kirche fertig war, schleuderte der Riese Balderich seinen Stein mit aller Wucht, so dass er weit über Vilmnitz nach Nadelitz flog. Dort liegt er wohl heute noch am Wegesrand und wird Riesenstein genannt.

Der Mägdesprung auf dem Rugard

Auf den Höhen des Rugard bei Bergen liegt ein Stein, Mägdestein genannt. Auf seiner Oberfläche sieht man einen Frauenfuß und den Abdruck einer Peitsche. Das kam so: Vor Jahren hütete eine junge Schäferin auf den Weiden des Rugard Schafe.

Mahlsteine im Mönchguter Museum

Auf dem Stein setzte sie sich nieder, um ein wenig die schöne Landschaft zu genießen. Da sah sie hinter einem Strauch einen Mann auf seinem Pferd sitzen, der sie beobachtete. Das war der Mädchenjäger von Rugard. Die Schäferin bekam Furcht und spürte auch schon den begehrlichen Blick des Mädchenjägers. Was sollte sie tun? Fliehen und ihre Schafe zurücklassen?

Da ritt auch schon der Mädchenjäger auf sie zu, und es gab keinen anderen Ausweg. Die Schäferin sprang von dem Stein, auf welchem sie saß mit einem Aufschrei hinunter ins Tal. Der Mädchenjäger wurde zornig darüber, dass die Schäferin ihm entwischt worden war, und knallte dann in seiner Wut mit seiner Peitsche auf den Stein. Es ist sonderbar, denn der Fuß des Mädchens und der Peitschenhieb drückten sich ins Gestein. Die Schäferin aber, ist wie durch ein Wunder, unversehrt in dem Tal angekommen.

Der Schatz im Poltenbusch

Wenn man von Garz nach Zudar geht, erhebt sich in östlicher Richtung ein kegelförmiges Hünengrab, der Poltenbusch. Es heißt, hier gehe der Spuk um. Aber unter den Steinen sollen auch große Schätze verborgen liegen.

Eines Tages ging eine Frau auf der Straße von Garz nach Zudar, als sie ein helles Licht auf dem Poltenbusch brennen sah. Als sie näher kam, erblickte sie einen Mann, der da auf den Steinen saß und Geld zählte. Das Funkeln des Geldes machte die Frau gierig, und schon saß sie daneben und füllte ihre eigenen Taschen.
Doch damit war's nicht genug. Sie mietete sich in Garz einen Wagen, um diesen mit dem Geld zu füllen. Und tatsächlich, die Frau lud den ganzen Wagen voll. Schnell wollte sie nach Hause fahren, damit sie niemand bemerkte. Doch das Pferd regte sich nicht von der Stelle. Sie sprach dem Tier gut zu, und als das nichts half, entschloss sie sich, zu Fuß Hilfe zu holen. Und sie fand auch in der Nähe ein paar Burschen. Am Poltenbusch angelangt, fanden sie jedoch den Wagen leer. Der Schatz war verschwunden.

*

CATHA
SOPHIA LE
BERNE
NOVM

Spukgeschichten

An einigen Plätzen der Insel Rügen geht der Spuk um. Gespenster geistern des Nachts herum. Kopflose schreiten ihre Wege ab, Geisterschiffe segeln vor Rügens Küste.
Früher glaubte man, dass die Seelen der Verstorbenen zur Mitternachtsstunde ihre Runden machten und die Leute in Angst und Schrecken versetzten. Nur die Mutigsten wagten sich nachts aus dem Hause. Ging man zur späten Stunde über Kirchhöfe, Wiesen oder sumpfige Gegenden, so sah man am Erdboden oft kleine Lichterchen glimmen. Solche Irrlichter lockten manch einen Wanderer ins tiefe Moor, und man erzählte, es seien die Seelen verstorbener Kinder.
Viele Gegenden der Insel sind nicht geheuer, und man sollte sie gut kennen, wenn man nicht dem Spuk begegnen will.

Der Aufhocker auf Mönchgut

Am Venzbusch, da sall't spöken, erzählten die Reddevitzer Fischer. Ein Fischer aus Thießow, der hier des Nachts mit seiner Frau unterwegs war, sah eine kopflose Gestalt auf ihn zukommen. Die Fischersfrau schien nichts davon zu bemerken, und so dachte der Fischer, er hätte es sich wohl nur eingebildet. Doch plötzlich erschien es wieder, das Gespenst ohne Kopf. Dem Fischer wurden die Beine schwer, und eine Last drückte sich auf seinen Rücken, dass er fürchtete, zusammenzubrechen. Schnell musste er überlegen, was zu tun war, und ihm fiel nur das Wasser ein. Der Fischer stieg mit dem Gespenst auf dem Rücken bis zum Halse ins Wasser. So war es besser. Näherte er sich jedoch dem Land, drückte die Last wieder stärker. So unter Wasser ging der Fischer bis kurz vor seinen Katen. Er hatte den Aufhocker zwar überlistet, aber eine längere Krankheit war die Folge von dem nächtlichen Spaziergang.

« Alter Grabstein auf dem Friedhof Altenkirchen

Zur Zeit der großen Herbststürme, wenn die Nächte wieder länger wurden und sich die Menschen in der warmen Stube aufhielten, kam er wieder, der wilde Nachtjäger: Rastlos fegte er übers Land, der riesige Reiter auf seinem Rappen, begleitet von einer Meute kläffender Hunde. Wode ist sein Name, der Geist des Kriegsgottes Wotan, Bewacher über den Sturm. Wenn der Wode umging, mussten alle Türen geschlossen bleiben, denn sonst brauste der Wilde Nachtjäger mit seiner Schar durch die Diele und stellte alles auf den Kopf.
In dunklen Nächten hörte man seinen Ruf. „Hoh, Hoh! Holl den Middelweg! Holl den Middelweg. Denn biten mine Hunn dich nich!“
Aber was jagte der Wilde eigentlich? Nun. Er erschreckte so manch einsamen Wanderer und jeden, der sich in stürmischen Nächten noch aus dem Hause traute. Besonders gefürchtet war er an Kreuzwegen. Seit einiger Zeit ist jedoch der Wode des Jagens müde geworden, und man sieht ihn nur noch sehr selten durch Wald und Feld ziehen.

Die wilde Jagd auf Mönchgut

Zwei alte Mönchguter Fischer waren von Middelhagen nach Baabe unterwegs. Der Sturm brauste an diesem Herbstabend, und deshalb waren die beiden auch schnellen Schrittes. Gespenstisch knarrten und ächzten die Bäume am Wegesrand. Den Fischern war nicht geheuer, und sie spürten schon den Wode im Nacken. Der Wind heulte auf und ein Getöse erhob sich in der Luft mit lauten Knallen und dunklem Brüllen.
„Dor - dat ist de Nachtjäger!“ rief einer der Fischer, und da tobte schon die Wilde Jagd über die Köpfe der beiden weg. Der zweite Fischer wollte nicht ängstlich sein und rief: „Ick holl mit!“ Und gleich stand neben ihm ein riesiger schwarzer Rappen mit dem Wode, der ihn am Kragen packte und rief: „Denn kumm!“ Dem anderen Fischer rutschte das Herz in die Hose, als er sah, dass der finstere Reiter mit seinem Kamerad durch die Lüfte fegte.

Das Gespensterschiff vor Stubbenkammer

In dunklen stürmischen Nächten zur Mitternachtsstunde legt manchmal am Ufer vor dem Königsstuhl ein Gespensterschiff an. Es ist das Schiff des Seeräubers Klaus Störtebecker und seiner Mannschaft. Ein Fischer, der einmal zur Geisterstunde in Nähe der Stubbenkammer ruderte, hörte vom Meer her einen gleichmäßig schaurigen Ruderschlag. Als er sich umblickte, traf ihn der Schlag! Hinter ihm lag das Gespensterschiff. Ein großes schwarzes Schiff, aus dem wohl an die tausend Männer stiegen. Alles dunkle Gestalten mit ihren Köpfen unter dem Arm. Schweigend schritten sie in die Höhle und fingen an, nach ihren versteckten Schätzen zu suchen. So lautlos, wie sie gekommen waren, verschwanden sie auch wieder. Manche sagen, sie kommen jede Nacht, um nach ihren Schätzen zu sehen.

Die schwarze Frau mit dem Strauchholz

Min Vadder het in sine jungen Johren to Bohlendörp up Wittow wobnt. In Mattchow härr he sine Bruut wohnen. Wenn he de besöken ded, plegt he meist to rieden. Ees äwer is he to Fot nah Mattchow gahn, und on es em unnerwegs een bösen Spök begenet. Eeen gtotes langens Fruugensminsch in schwarte Kleedung ging vör em her un drog den Arm vull Struukholt, so dat de Strüük quer äwer den Weg renkten. Min Vadder wir füß gor nich gruglich, äwer so wat as muit disswn Spök wir em noch nich passiert. He wir girn an den Spök vorbiloopen, äwer dat Stuukholt versperrt em den Weg. Dicht vör Mattchow wir dat Fruugensmuisch mit ees verschwunnen. As min Vadder in Mattchow ankem, wir he so natt schweet't, dat he sich drögens Tüüch het enttreckem müsst.

S. 50/51 Blick auf die Insel Mönchgut »

Der Spuk in den Sehler Tannen

In den Sehler Tannen wandelt seit vielen Jahren ein ruheloser Geist umher. Es soll ein Mann aus Mölln-Medow gewesen sein, der seine eigenen Kinder umgebracht hat. Hier in den Tannen wurde er hingerichtet und begraben. Sein Geist steht Nacht für Nacht aus der Erde auf und wandelt als Ohnkopf in den Tannen umher. Viele Leute, die des Nachts eine Abkürzung durch die Tannen nehmen, haben ihn dort schon gesehen. Meistens geht er vorne neben der Landstrasse her, und das Schauerliche daran ist, dass er mit den Wanderern gleichen Schritt hält, so als wollte er den Wanderer begleiten. Vielleicht will er sich aus den Tannen befreien, aber über den Waldrand geht keiner seiner Schritte hinaus.

Der Gespensterzug

Ein Müllerbursche, der auf der Schmanevitzer Mühle diente, war eines Nachts mit seinem Wagen unterwegs zur Apotheke in Wiek. Er kam gerade am Bohlendorfer Berg vorbei, als er merkwürdige Geräusche vernahm. Er blickte sich um, und was sah er! Schauderhafte Gestalten zu Fuß und zu Pferde fuhren in einem langen Zug an ihm vorbei. Die dunklen Gestalten machten einen sehr gespensterhaften Eindruck, und der Müllersbursche lenkte ruhig seinen Wagen weiter in den Wald hinein. Hier wollte er warten, bis der Gespensterzug vorüber gezogen war. Er saß so da, und als die letzte Gestalt im Dunkel der Nacht verschwand, kam es ihm vor, als hätte er Stunden gewartet.

« Typischer Buchenwald auf der Insel Rügen

Die Hüterinnen der Zeit

An Quellen, Seen und am Meer erscheinen zu bestimmten Zeiten die Weißen Frauen. Manchmal heißt es, sie seien die Geister verbannter heidnischer Göttinnen, die erscheinen, um wieder ins Leben der Menschen zurückzukehren. Auf Rügen heißen sie auch de witten Wiwer. Sie lebten am Ende der Zickerschen Berge an einem zerklüfteten Uferstück, namens Swantegord. Die davorliegende Steinreihe im Wasser benutzen sie als Waschsteine.
Eine Weiße Frau wird manchmal auch im Herthasee und in der Stubbenkammer gesehen.

Die witten Wiwer auf Hochzeit

In Baabe gab es eine Hochzeit. Als die junge Braut nach der süßen Grütze sah, die in der Kammer in der Erde eingegraben stand, hörte sie feine Stimmchen: „Kriegen wi nich ok'n bäten von den söte Grütt?" Welch ein Glück, denn das waren die witten Wiwer. Wenn sie auf einer Hochzeit erschienen, war das ein besonderer Segen für das Brautpaar. Aber die junge Braut kannte nicht mehr die alten Bräuche und wusste nicht, dass de witten Wiwer ein Speiseopfer erbaten. So erschrak sie nur und lief aus der Kammer.

Der Auszug der witten Wiwer

Als aber die Menschen zu neugierig wurden und nach den Erdwohnungen der witten Wiwer gruben, verließen sie eines Tages das Land über den Mönchsgraben, der zwischen Baabe und Sellin liegt. An dieser Stelle stand eine Eiche, von der die witten Wiwer sagten, sie würde beginnen, zu vertrocknen. Und so geschah es auch. Wenn die Eiche eines Tages wieder grünt, würden die witten Wiwer zurückkehren. Doch der Baum schlug nicht mehr aus.

Prinzessin Svanvithe

Auch die Prinzessin Svanvithe gehört zu den Weißen Frauen. Ihr Name bedeutet die Schwanenweiße. Sie hütet den Garzer See, und nur Sonntagskinder können sie sehen.
Einmal im Jahr, am Johannistag, erscheint sie an der Oberfläche des Sees, und wenn sie Lust hat, schwimmt sie auch ein wenig.

Die Schwarze Frau in der Stubbenkammer

Unterhalb des Königsstuhls in den Tiefen der Stubbenkammer liegt eine große Höhle, die Höhle der Schwarzen Frau. Seit vielen hundert Jahren sitzt sie in ihrer Höhle und hütet die alten Mysterien in einem kostbaren goldenen Becher. Oben auf dem Felsen hielt ihre Schwester, eine weiße Taube, Wacht über das große Wasser.
Auch der König von Dänemark wollte teilhaben an dem alten Wissen der Schwarzen Frau und schickte einen Gefangenen zur Küste der Insel Rügen, um den Becher zu rauben. Der König aber war nicht klug, denn man konnte nur das alte Wissen erlangen, wenn man auch das Rätsel der Schwarzen Frau zu lösen vermochte. Ohne des Rätsels Lösung war aber der goldene Becher überhaupt gar nichts wert.
Nun denn, der Gefangene tat wie ihm geheißen und gelangte zum Fuße des weißen Felsens. Er stieg den schmalen, steil ansteigenden Pfad zur Höhle empor. Doch was erblickte er !
Da saß nun die Schwarze Frau in dunkle Seide gekleidet, umgeben von züngelnden Flammen. Neben ihr sah er den goldenen Becher liegen. Gerade wollte der Gefangene all seinen Mut zusammennehmen und nach dem Becher greifen, da schlug die Schwarze Frau den Schleier von ihrem Gesicht. Noch nie zuvor hatte ein Mann eine solche vollkommene Schönheit erblickt, und der Gefangene war sprachlos. Die Schwarze Frau aber sprach mit beschwörender Stimme: „Wähle

recht, fremder Mann, wähle recht, so bin ich auf ewig dein!" Doch der Fremde verstand die Worte nicht, und dass sich dahinter ein Rätsel verbarg. Ihm stand der Sinn nach dem goldenen Becher, den er hastig ergriff und davoneilte. Hinter sich hörte er die Schwarze Frau leise wehklagen, denn der Fremde hatte sich nicht als würdig erwiesen, und das alte Wissen war nun für immer verloren. Die weiße Taube verschwand vom Felsen, und an ihrer Stelle saß nun ein schwarzer Rabe, der ewig über die Höhle der Schwarzen Frau wachen sollte.

Die Jungfrau am Waschstein

Wenn man vom Königsstuhl aus hinunter aufs Wasser schaut, so fällt der Blick auf einen abgeflachten Findling von besonderer Größe. Das ist der Waschstein, über den folgende Sage berichtet:

Alle sieben Jahre am Johannistag, noch bevor sich der Osthimmel im rötlichen Schimmer der Morgensonne zeigt, erscheint auf dem Waschstein eine schöne Jungfrau. In ihrer Hand hält sie ein blutgetränktes Tuch, welches sie wieder und wieder in der See wäscht. Doch das Blut lässt sich nicht entfernen.
Wer die Frau in der Frühe hier antrifft, der soll sie ansprechen mit den Worten: Guten Morgen, Gott helfe! Damit ist sie erlöst, und belohnt ihren Retter mit einigen Schätzen, die in einer Höhle zwischen den Kreidefelsen liegen.
Einmal schon war sie ihrer Erlösung nahe, als ein junger Fischer gerade am Johannistag am Waschstein vorbeilief. Er sah die schöne Jungfrau, wunderte sich zwar, dass sie hier in aller Frühe wusch, und rief ihr zu, wie es üblich ist auf Rügen: „Guten Morgen, helfe Gott!"

Da sah die Frau den Fischer traurig an und sprach: „Hättest Du Gott helfe gesagt, wäre ich erlöst worden, und so muss ich bis zum nächsten siebten Jahr warten."

Sie seufzte tief und verschwand. Im selben Moment aber tat sich der Morgenhimmel auf. Der junge Fischer war traurig über sein Missgeschick und wartete noch lange auf die Wiederkehr der Frau. Doch sie kam nicht zurück.

Die Prinzessin im Garzer Burgwall

In alter Zeit, als die Ranen noch die Insel Rügen bewohnten, hieß die Stadt Garz Charenza. Die Ranen erbauten hier einen prächtigen Tempel, in dem sie ihre Götter verehrten. Heute steht nur noch der gut erhaltene Burgwall über dem See, und manche meinen noch, die Glocken aus der alten Zeit zu hören.

Zur Zeit, als die Christen das Land übernahmen, lebte hier ein König mit seiner Tochter. Sie soll sehr schön gewesen sein, und es kamen viele Männer, um sie zu freien. Doch keinem konnte sie ihr Herz schenken, und so wartete sie auf einen, den sie auf ewig lieben wollte. Dann endlich kam ein Prinz aus Dänemark. Es war Liebe auf den ersten Blick, und sie versprachen einander. Ein eifersüchtiger Freier aber konnte das Glück nicht mit ansehen. Kurz vor der Hochzeit erzählte man sich am Hofe, dass die Prinzessin zuvor ihm das Ehrenwort gab. Doch dies war nichts als Lüge. Die Schande verbreitete sich schnell im ganzen Land und nahm dem Königshaus den guten Ruf. Des Königs Herz ergrimmte, und er verbannte die arme Prinzessin auf ewig in die Tiefen seines Schlosses. Dort sitzt sie noch heute und wacht über das viele Gold und Silber. Einmal im Jahr, am Ostermorgen, sitzt sie oben auf dem Wall mit einem goldenen Becher in ihrer Hand.
Wer auch immer noch nicht geliebt hat, den lässt sie aus ihrem Becher trinken und öffnet sein Herz.

S. 58/59 Küste vor den Kreidefelsen »

Schatzhüter im Garzer Schlosswall

Eine andere Sage erzählt von dem König im Garzer Schloss, der sich von seinen unermesslichen Schätzen nicht trennen konnte.

Tief unter der Erde hatte er sich einen Saal aus Marmor und Kristallen bauen lassen. Jahrhunderte musste er sein Geld bewachen, denn Menschen, welche zu sehr an Gold und Silber hängen, würden nicht sterben, auch wenn sie noch so sehr um den Tod bitten. Als er dürr und trocken war wie ein Totengerippe, starb er endlich. Seiner Habgier zur Strafe wurde er in einen schwarzen, mageren Hund verwandelt und musste weiter seine Schätze bewachen. Nur um Mitternacht kommt er auf die Erde, verkleidet als graues Männchen mit einer schwarzen Pudelmütze und einem weißen Stock in der Hand. Auf dem Weg nach Poseritz haben ihn Leute um diese Zeit häufig gesehen. Zuweilen sei er auch auf dem Kirchhof.

Musikanten im Garzer Wallberg

Einige Musikanten, die zum Aufspielen bei einem Erntefeste auf dem Wege von Rambin nach Rosengarten waren und am Burgwall vorbei kamen, erlebten der Sage nach folgendes:
Sie fanden dort zahlreiche Buden und Lauben, in denen gegessen und getrunken wurden. Sie wurden eingeladen, aufzuspielen. Sie aßen und tranken und vergnügten sich so sehr, dass sie das Erntefest in Rosengarten vergaßen. Als sie aber dort ankamen, staunten die Leute über die bärtigen Musikanten und fragten, wo sie denn spielen wollten. Ein älterer Bauer erinnerte sich dann, dass vor zehn Jahren ein Erntefest stattfand, zu dem aber keine Musikanten erschienen waren. So erfuhren die Rambiner Musikanten, dass sie zehn Jahre lang im Garzer Wallberg gesessen hatten. Ihnen war es nur für wenige Stunden vorgekommen.

Der Rugardturm in Bergen »
S. 62/63 Historische Handwerkerstuben
im Museum in Gingst »

Die wilden Kerle auf hoher See

Gegen Ende des 14. Jahrhunderts wütete eine gefährliche Seeräuberbande an der Ostseeküste, welche sich die Vitalienbrüder nannte. Der weit über alle Meere bekannte Klaus Störtebecker und sein Freund Gödeke Michael waren die Anführer, die auf Rügen bis heute unvergessen sind. Denn Störtebecker war nicht einfach ein wilder Seeräuber. Er pflegte eine besondere Freundschaft mit der einfachen Bevölkerung und kämpfte gegen die Ungerechtigkeit zwischen Armen und Reichen. Nach seinem Tod wurde er zum Volkshelden, und seine Geschichten wurden überall auf der Insel erzählt. Als Bauernsohn soll Störtebecker in Ruschvitz geboren sein, wo er auch bis zu seiner Jugend als Knecht arbeitete. Schon zu dieser Zeit spürte er die Herrschaft der Gutsbesitzer und deren Umgang mit den Armen. Er lief vom Hof weg und ruderte in einem Fischerboot in Richtung Arkona. Dort traf er auf die Kogge des Seeräuberhauptmanns Gödeke Michael, der ihn zur Kraftprobe aufforderte. Nun war Störtebecker so stark wie ein Hüne und bog mühelos ein Hufeisen auseinander. So gewann er die Freundschaft Gödekes, der ihn in seine Mannschaft aufnahm. Zusammen wurden sie die meist gefürchtesten Seeräuber ihrer Zeit. Die weitzerklüfteten Küsten der Insel Rügen boten den Seeräubern Schlupfwinkel und Verstecke für ihre Beute. Am liebsten hielten sie sich in der Stubnitz auf, wo es mehrere Höhlen geben soll. Von den hohen Klippen aus konnten sie das Meer am besten überblicken. Ihr Winterlager hatten die Seeräuber in der Herthaburg, in welche sie vom Meer aus direkt einfahren konnten. Damals hatte das Wasser der Ostsee höher gestanden und das Einlaufen der Schiffe möglich gemacht. Auch die Piratenbucht in der Nähe des Schlosswalles auf Jasmund deutet darauf, dass hier einmal die wilden Kerle hausten. Überall auf der Insel hatte Störtebecker Freunde, bei denen er zu gefährlichen Zeiten unterschlüpfen konnte.

Störtebeckers Höhle in der Stubnitz

Auf der Stubbenkammer, da wo die Kreidefelsen auf halber Höhe einen Vorsprung bilden, soll es eine Höhle geben. Hier lagerte Störtebecker die unermesslichen Schätze, die er mit seiner Mannschaft an der Küste zusammengeraubt hatte. Einen Teil der Reichtümer versteckten sie auch vor Stubbenkammer im Meer.
Da sie viel auf hoher See waren, sperrten die Räuber eine schöne Jungfrau, die sie aus einem fernen Lande mitbrachten, in die Höhle. Sie sollte über die Schätze wachen und auf Störtebeckers Rückkehr warten. Jedoch kehrte er nie zurück, da er zu jener Zeit gefangen und hingerichtet worden war.
Die Jungfrau aber sitzt bis zum heutigen Tag in der Höhle und wartet, dass jemand kommt, um sie zu erlösen.

Von Störtebeckers Freundschaft mit den Armen

Eines Tages ging Störtebecker durch die Straßen des kleinen Ortes Hagen, in dem er einige Freunde besuchen wollte. Da sah er vor einer Haustür eine Frau sitzen, die zerschlissene Hosen flickte und dabei weinte. Störtebecker hockte sich neben sie und fragte, warum sie so traurig sei. Sie klagte über Not und Armut ihrer Familie. Da warf Störtebecker ihr ein Tuch zu, dessen Rückseite mit vielen Talern Gold bestickt war.
Als die Frau erstaunt aufblickte, war der Fremde schon zwischen den Leuten verschwunden. Ähnliches ereignete sich in dem Dorf Bobbin. Dort wohnte eine arme Witwe, die weder ein noch aus wusste, wie sie ihre Miete zahlen sollte. Störtebecker legte ihr einen Beutel mit Geldstücken in die Hände, die noch bis an ihr Lebensende reichten. Das Haus, in dem die Witwe lebte, steht noch heute.

« S. 66/67 Historischer Friedhof in Altenkirchen

Wie der Fischer Tietz auf Störtebecker traf

Der Lotse und Fischer Tietz Dumrath aus Lobbe, wusste von einer Begegnung mit Störtebecker zu berichten. Damals in einer hellen Mondnacht war er vor der Mönchguter Küste unterwegs zum Fischen. Als er so ruhig vor sich hintrieb, tauchte plötzlich ein großes Segelschiff vor ihm auf. Das Schiff kam direkt auf den Fischer zugesegelt, als eine tiefe Stimme erklang. „Hierher Lotse!" Eigentlich kannte Tietz keine Angst, doch in diesem Moment schlug ihm sein Herz bis zum Halse. „Hierher!" ertönte es nochmals, und er stieg an Bord der mächtigen Kogge. Als er aufsah, erkannte er eine Bande rauer Gestalten und an ihrer Spitze den Anführer Klaus Störtebecker. Stolz und groß wie ein Hüne stand er da und winkte Tietz ans Ruder. „Bring uns zum Sund!", befahl er, und Tietz musste sich jetzt am Riemen reißen, damit er sicher durch den Bodden segeln konnte. Mit scharfem Auge spähte er voraus und hielt das Steuer mit fester Hand. So stand er da bis der Morgen dämmerte und in der Ferne die Südspitze Zudars aufblitzte. Der Seeräuberkapitän kam und schickte Tietz zum Schlafen unter Deck. Aber kaum machte er ein Auge zu, da toste ein so starker Wind, dass es im ganzen Schiff polterte und knarrte. Die Kogge schien scharf zu drehen, und dann hörte Tietz die Ankerkette rasseln. Das kann doch nicht möglich sein, dachte er, als er an Deck kam und sich bereits im Stralsunder Hafen befand. Oder hatte er vielleicht doch geschlafen. Störtebecker entlohnte den Fischer, der immer noch grübelnd dastand, mit einem Beutel voller Dukaten.

Später erzählte Tietz dann stolz, wie er dem berühmten Klaus Störtebecker in jener Nacht gedient hatte.

S. 70/71 Altes Motorboot im Mönchguter Schiffsmuseum »

Offenes Motorboot
für die Küstenfischerei
1953 für einen Fischer in Thießow gebaut
Eichenholz, geklinkert, spitzgatte Form.
Besatzung: zwei bis drei Fischer.
Ruderhaus: 11 PS-Dieselmotor
Schiffsschraube aus Bronze

Der goldene Mast

Mit seinem Freund Gödeke Michael kam Störtebecker eines Tages durch den kleinen Ort Hagen. Wie sie durch die Gassen schlenderten, sahen sie vor einem niedrigen Katen einen alten Mann sitzen, der ganz traurig dreinschaute. Störtebecker fragte nach seinen Sorgen, und der Alte erzählte, er könne kein Holz für den Winter kaufen, und überhaupt hätte er keinen Taler übrig für die Miete. Bald, so sagte er, würde er wohl mit seiner Frau auf der Straße sitzen und den Winter nicht überleben. Klaus besann sich für einen Moment, und sagte: „Geh hinüber zur Uferschlucht und hole den alten Mast, der da im Sand liegt!"
Da lächelte der Alte und wollte sich bedanken. Ein Mast, das war Holz für einen Winter.
Er machte sich auf mit seiner Frau, und sie fanden an besagter Stelle den Mast. Doch er schien ungewöhnlich schwer. Am Katen angekommen, machten sie sich gleich an die Arbeit und sägten das spröde Holz. Plötzlich aber sprang die Säge entzwei, denn der alte Mann war auf Metall gestoßen. Als er näher hinsah, sah er durch eine Öffnung Dukaten schimmern, und so kam es, dass der ganze Mast mit Dukaten gefüllt war. Welch ein Segen für die alten Leute!
Störtebecker aber war längst fort, und die Leute dachten dankbar an den Seeräuber.

Störtebeckers Gefangennahme und Hinrichtung

Als eines Tages die beiden Seeräuber mit ihrem Schiff in der Nähe von Hamburg lagen, hielt sich in ihrer Nähe ein kleines Fischerboot auf. Sie beachteten dieses nicht weiter. Doch als sie in der Mitternachtszeit schliefen, kam der Fischer und goss die Angeln des Steuerruders mit Blei aus, so dass sie unbeweglich wurden.

Dann segelte er zurück nach Hamburg und führte einige Schiffe gegen die Seeräuber. Da das Steuer nicht mehr ging, mussten sie sich gefangen geben.
Klaus Störtebecker und Gödecke Michael suchten ihr Leben loszukaufen und boten dem Rat eine goldene Kette an, die dreimal um Hamburg reichte. Doch der Rat ging nicht darauf ein.
Über den Tod Störtebeckers wird erzählt, dass der kühne und starke Mann, als bereits der Kopf abgeschlagen war, noch eine ziemliche Strecke gelaufen sei, bis er schließlich zu Fall kam.

Störtebeckers Grab

Südlich von Zudar, auf einer kleinen Insel namens Tollow, soll sich Störtebeckers Grab befinden. Er soll dort in einem goldenen Sarg ruhen, an dem eine goldene Kette angebunden ist. Die Kette reicht angeblich bis zur Erdoberfläche. Doch niemand hat sie gefunden.
Andere erzählen, dass das Geheimnis um die Stelle des Grabes von einem Fischer zum anderen weiter getragen wird. Die Fischer dürfen jedoch niemals darüber reden. Erst kurz vor dem Tode wird das Geheimnis dem Nachfolger anvertraut. Dadurch weiß nie ein Mensch, welcher Fischer das Geheimnis um Störtebeckers Grab mit sich trägt.

Der wilde Blüser

In stillen dunklen Nächten kann man im Greifswalder Bodden in der Ferne ein rötliches Licht schimmern sehen. Das ist der wilde Blüser, sagen die alten Fischer. Eine Sage ist für ihn überliefert, und die geht so:

Vor vielen Jahren lebte in Groß-Zicker eine Witfrau mit ihrem Sohn auf einem Bauernhof. Sie wollte sich bald zur Ruhe setzen und hoffte, dass der Sohn die Wirtschaft gut weiterführen würde und auch bald eine hübsche junge Frau fände. Doch als ihr Sohn erwachsen wurde, kümmerte ihn der Hof nicht, und auch die Mädchen waren ihm einerlei. Das einzige, was er liebte, war die Blüserei. Sobald es Abend wurde, fuhr er auf die schwarze See hinaus und entzündete das Blüsfeuer. So ging das Nacht für Nacht. Die Mutter flehte, er möge sich um den Hof kümmern, sonst müsse sie ihn eines Tages verkaufen. Doch der Sohn hörte nicht auf sie, so besessen war er von der Blüserei. Der Sommer ging vorüber, der Herbst und nichts änderte sich. Eines Tages war es der armen Mutter zuviel, und sie verfluchte ihren Sohn, er solle bis in alle Ewigkeit auf dem Wasser treiben und blüsen. Von diesem Tage an kehrte ihr Sohn nie wieder nach Hause zurück. Abend für Abend stieg die alte Frau auf den Bakenberg und sah aufs Meer hinaus, bis sie das Blüsfeuer erblickte. Die Fischer sagten dann: He blüst all wedder!

Der letzte Gruß

Fischer Ewert lebte schon viele Jahre in seinem kleinen Katen in Vitt bei Arkona. Wenn die großen Herbststürme aufzogen, und die See wütete und tobte, stand er sorgenvoll in der Tür und blickte aufs schwarze Meer hinaus. In jener Nacht war es besonders schlimm, und der Fischer wusste, dass es kein Schiff schaffen würde, heil an den Strand zu gelangen. Ihm graute es, bei der Vorstellung, dass die Schiffe an den Klippen zerschellen würden. Als er mit seiner Frau im Bette lag, konnte er kein Auge zutun, denn das Unwetter wuchs, und es pfiff durch alle Ritzen des Hauses. In der tiefsten Nacht, fuhr die Fischersfrau plötzlich aus dem Schlaf hoch: „Wat is dat?“ Es schien etwas an der Tür zu rütteln, und der Fischer sagte: „Dat is de Sturm, Fru.“ Doch die Frau blieb unruhig, denn nun hörte man draußen jemanden in schweren Fischerstiefeln ums Haus laufen. Und dann rüttelte die Haustür wieder. Dann wurde es auch dem Fischer zuviel, er zog seinen Mantel über und ging hinaus in den tosenden Sturm. Er sah sich um und erblickte keine Menschenseele. Also ging er wieder zu Bette. Die beiden Fischersleute schliefen in dieser Nacht keine Minute mehr. Und als der Morgen graute, gingen sie hinunter zum Strand, um zu sehen, was der Sturm der letzten Nacht angerichtet hatte. Der Anblick war grauenvoll. Überall lagen die Trümmer eines zerschellten Fischerbootes, der gebrochene Mast, die Planken. Und da, ein Stück weiter, lag ein toter Fischer. Die Fischersfrau erkannte ihn und stieß in einem Schrei aus: „Min Brauder!“

Ja, die Seele ihres Bruders wollte auf sich aufmerksam machen, als sein Boot in der Nacht strandete, und er sich wohl noch aus dem Wasser retten wollte. Seine Gedanken waren als Letzter Gruß bei der Schwester.

« S. 74 Detail eines Grabsteines vom Friedhof Altenkirchen

CAS 50 N

Vom Aberglauben und den alten Künsten

Spuren des alten Glaubens sind auf der Insel Rügen noch häufig zu finden. Allein durch die Abgeschiedenheit der Inselbewohner wurden viele Mittel und Zauber von Generation zur Generation weitergegeben und so erhalten. Man wusste Vieh und Hof zu schützen, und den bösen Blick eines neidischen Nachbarn abzuwenden. Bei Krankheiten suchte man den „Spökenkieker“ auf, eine heilkundige Person, die mit Heil- und Zaubersprüchen Krankheiten besprach. Es gab besondere Sprüche gegen Gürtelrose, Warzen und Flechten. Wer sich besprechen lassen wollte, musste auf dem Weg zum „Spökenkieker“ und zurück schweigen. Die Heilkunst des Besprechens lebt bis heute weiter.

Auf Mönchgut gab es in vielen Familien das „zweite Gesicht“, eine hellseherische Gabe, die meist von einem Elternteil weitergegeben wurde. Geschichten erzählen von vorzeitiger Todesahnung dieser Menschen, die sich im Traum zeigt. Manchen erscheint im Traum derjenige, der stirbt, kurz vor seinem Tode, oder er tritt in die Wohnung ein, ohne zu sprechen. Man sagt dann zu ihm: „Ja, dann geh du man!“

Zu den guten Geistern zählte die Muhme, welche es in verschiedenen Gestalten gab. Sie kam als Hebamme oder förderte Wachsen und Reifen des Korns. Auch wachte sie über das Milchvieh.

Die Mahrt dagegen verhexte das Vieh oder setzte sich des Nachts auf die Brust der Menschen, so dass sie unter schweren Träumen litten. Gegen das so genannte Mahrtreiten gab es einige wirkungsvolle Mittel. Zum Beispiel legte man ein altes Karrenrad unters Bett, damit die Mahrt im Kreise lief.

« S. 76/77 Fischerboot im Hafen von Lohme

Vom Träumen

Wenn der Säemann nach der Aussaat einen Traum hat, so darf er ihn niemandem erzählen. Der Traum könnte sonst Wirklichkeit werden. Ein Bauer auf Rügen hatte einen langen Aussaattag hinter sich und schlummerte ein wenig auf seinen leeren Saatsäcken. Da hatte er einen Traum, bei dem wurde ihm bang ums Herz. Denn dem Traum zufolge, sollte er sterben, bevor er die Früchte des Feldes genießen sollte. Den ganzen Sommer verschwieg er den Traum, auch die Zeit der Ernte. Die Gerste wurde gedroschen und zu feinstem Mehl gemahlen. Am selben Tag noch backte die Frau des Säemanns Klöße aus dem frischen Mehl. Wie er sich an den Tisch setzte, erzählte er seiner Frau vom Traum und sprach: „Siehst du, ein Traum ist doch nichts als Trug!“ Er nahm einen Bissen von den Klößen, verschluckte sich aber und erstickte so an seiner eigenen Frucht.
Auch einem anderen Bauern widerfuhr das Träumen nach dem Säen. Er behielt den Traum für sich. Nach der Ernte jedoch dachte er bei sich: „Ein Traum ist doch ein Trug!“ Da hörte er feine Stimmen rufen: „Hättest du deinen Traum nicht verschwiegen, wärst du nicht mehr unter den Erdenkindern. Oh, wie glücklich ist der Mann, der den Traum verschweigen kann.“

Das wundertätige Marienbild in Schaprode

An der Nordseite der Schaproder Kirche befand sich an einem Pfeiler ein Bild der Heiligen Maria mit dem Jesuskinde auf dem Schoß. Mündliche Überlieferungen berichten, dass in früheren Zeiten Wallfahrten zu dem Marienbild gemacht wurden. Man sagt, wer vor der Heiligen Maria einen Wunsch aussprach, der war wenige Zeit später beglückt von seiner Erfüllung.

S. 80/81 Bobbiner Wallfahrtskirche »

Schwedenkirche bei Ralswieck

Der Gösselschutz

Auf Mönchgut lebte Viek Barbers, die der alten Künste noch mächtig war. Wenn sie Gössel besprach, stellte sie sich in die Stalltür und warf sie einzeln zwischen ihren Beinen hindurch ins Freie. Bei jedem Wurf sprach sie:

Dat's för de Weih!
Dat's för de Kreih,
un dat's för alle Düwelei!

Damit hatte sie die Gössel gegen Raubvögel und gegen die Hexerei gesichert.

Die Spinnerin im Monde

Wenn man den Vollmond ganz genau betrachtet, kann man in ihm eine Frau sehen, die am Spinnrad sitzt. Das ist die ewige Spinnerin, von der folgende Sage berichtet:

In einem Rügenschen Dorfe lebte eine Frau, die konnte sehr kunstvoll spinnen und übte diese Kunst oft bis tief in die Nacht hinein aus, denn sie war nicht nur sehr fleißig, sondern auch sehr stolz auf ihre Arbeit. Sie spann und spann und konnte kein Ende finden. Nicht einmal das Läuten der Glocken nahm sie noch wahr, und so kam es, dass sie bis in den Sonntagmorgen hinein spann. Am Sonntag aber, soll alle Arbeit ruhen, und als Strafe musste die Spinnerin nach ihrem Tode auf dem Mond weiterspinnen, Tag für Tag, Jahr für Jahr, bis in alle Ewigkeit.

Donnerkeil und Krötenstein

Am Kreideufer der Insel Rügen kann man besonders im Frühjahr nach der Schneeschmelze häufig Belemniten, fossile Reste eines Tintenfisches und auch versteinerte Seeigel finden. Im Volksmund werden Belemniten Donnerkeile genannt. Man glaubt nämlich, dass sie im Gewitter mit dem Blitz auf die Erde geschleudert wurden. Häufig wurden Donnerkeile gesammelt, um sie im Hause aufzubewahren. Wenn sich ein Donnerkeil im Hause befindet, ist man gegen Blitzschlag geschützt. Magenschmerzen verschwinden, wenn man ein wenig von dem Gestein abschabt und einnimmt.
Ein Krötenstein ist ein versteinerter Seeigel und wird vorbeugend gegen das Blitzeinschlagen angewandt. Die Bauern auf Rügen legten diese Steine mit Vorliebe in Schweinetröge, was die Tiere schützen

sollte. Auch Kreuzstein oder Sternenstein nennt man versteinerte Seeigel, denn man glaubte, dass er von den Sternen gefallen sei.

Die Vertreibung der Ratten von der Insel Ummanz

Vor vielen Jahren gab es auf Ummanz so viele Ratten, dass sich die Leute nicht vor ihnen retten konnten. Ein Hexenmeister, der aus einem fremden Land anreiste, bot an, gegen eine gute Summe Geld die Ratten von der Insel zu vertreiben. Die Ummanzer waren zwar misstrauisch, wussten sich in ihrer Not jedoch nicht anders zu helfen. Sie sammelten in den Gemeinden das Geld zusammen, und der Hexenmeister begann seine Arbeit. Dazu sagte er, dass er das Land nur für diesen Menschenschlag von Ratten befreien könnte.
Nun trieb er alle Ratten an der südwestlichen Spitze von Ummanz ins Wasser. Diese Stelle wird noch „de Rott“ genannt. Danach genügte es nur, die Erde dieses Platzes in die Rattenlöcher zu schütten, und schon verschwanden die Tiere.
Das alles wurde dem fremden Hexenmeister verdankt. Als der alte Menschenschlag aber ausgestorben war, kamen die Ratten wieder. Die Erde half dieses Mal nicht gegen die Plage.

Thrin Wulfen

Vor Jahren lebte in Garz der Bauer Jochen Wulf mit seiner Frau Thrin. Sie war sehr bekannt, denn sie verstand noch die alten Künste. Noch viele Jahre nach ihrem Tod erzählten die Leute Geschichten von ihr. Thrin soll eine freundliche Frau gewesen sein, die immer Naschereien für die Kinder dabei hatte. Gegen Kinderkrankheiten fertigte sie Salben an, und sie hatte stets ein passendes Kräutlein zur Hand. Vielen Leuten hat sie geholfen, und sie wurde sehr reich. Die Leute munkelten, dies läge an ihren Hexereien. Denn, wenn im Frühjahr

die Pferde und Kühe auf die Weide gingen, waren sie innerhalb kürzester Zeit fett und glänzend. Und auch die Ernte schien dem Bauern Wulf so prächtig ausgefallen, denn er verkaufte dreimal so viel, wie seine Nachbarn.
Die Thrin Wulfen war wohl wirklich eine Hexe, denn ständig saßen Scharen von Elstern und Krähen auf dem Dach. Und des Nachts riefen mehr Eulen von ihrer Scheune, als von allen Dächern der umliegenden Dörfer zusammen. Manchmal verhexte sie auch des Nachbars Vieh. Oder es lag an ihrer Anziehungskraft, dass, so bald sie auf die Weiden ging, die Tiere verrückt spielten. Sie versprach den Nachbarn, den Schaden zu beheben, denn sie wisse allerlei heilsame Mittel gegen verhextes Vieh.
So kam es, dass Thrin Wulfen sich oft mit den Nachbarn erzürnte, und bald war sie als böse Hexe verschrien.

Zu guter Letzt

Die Seejungfer auf Wittow

Up Wittow nich wiet von't hoge Öwer het ees'ne Buersfruuf wahnt, to de kem eenes Dags, as grad de Sünn'so trecht hell un warm schient, de Seejungfer. De Seejungfer, de för gewöhnlich in'n Water lewt un blo denn un wenn ees an'n Sztrann' kümmt, süht nah baben to as'n Minsch un nach unn' to as'n Fisch ut uns is ganz nakt.
De Buersfruu was grad bit't Uptrecken von'n Flaß, as die Seejungfer bi ehr intred. De Seejungfer äwer kennt so wat nich un frog, as so'ne nieglihen Fruugenslüd datt inn Mod' hebben, wat dat wir.

De Buerfru sad, dat wir Flaß, un davon würden Hemden makt.
De Seejungfer: Is et denn 'n Hemd, wenn de Flaß uptreckt is?
De Buersfruu: Ne, denn möt he irst röt't warden.
De Seejungfer: Un is et denn 'n Hemd?
De Buersfruu: Ne, denn ward he irst drögt.
De Seejungfer: Un denn 'n Hemd?
De Buersfruu: Ne, denn kümmt he in'n Backaben un ward beizt.
De Seejungfer: Un' denn 'n hemd?
De Buersfruu: Ne, denn ward he brakt.
De Seejugnfer; Un denn 'n Hemd?
De Burersfruu: Ne, denn ward he schwungen.
De Seejungfer: Un denn 'n Hemd?
De Buuersfruu: Ne, denn ward he häkelt.
De Seejungfer: Un denn 'n Hemd?
De Buersfruu: Ne, denn ward he spunn'.
De Seejungfer: Un denn 'n Hemd?
De Buuersfruu: Ne, denn ward he wunn'.
De Seejungfer: Un denn 'ne Hemd?
De Buersfruu: Ne, denn ward he wewt.
De Seejungfer: Un denn 'ne Hemd?
De Buersfruu: Ne, denn ward he bleekt.
De Seejungfer: Un denn 'ne Hemd?
De Buersfruu: Ne, denn ward he intwischneeden.
De Seejungfer: Un denn 'ne Hemd?
De Buersfruu: Ne, denn ward he tosamneigt.
De Seejungfer: Un denn 'ne Hemd?
De Buersfruu: Ja, denn is dat' n Hemd.
De Seejugfer: Na, denn will ick doch lewwer so nakt bleiben als ick bün un nie un nimmer 'n Hemd dragen.
Dornach verschwunn de Seejungfer un gin werre to Water in un is hinnerher nie werre von de Lüd sehn worden.

Allee bei Lanken Granitz »

Quellen- und Literaturhinweise

BURKHARD, ALBERT: Sagen und Märchen von der Insel Rügen, Berlin 1957

BISALSKI, KURT: Die raubeinigen Zwerge von Mecklenburg - Sagen von den Unterirdischen, Rostock 1999

HAAS, ALFRED: Rügensche Sagen und Märchen, Bergen 1939

HAAS, ALFRED: Stubbenkammer, Herthasee und Herthaburg in Geschichte und Sage, Sassnitz 1914

HERRMANN, JOACHIM: Die Slawen in Deutschland, Berlin 1985

LEHMANN, HEINZ: Rügen, Sagen und Geschichten, Schwerin,

SCHÄFER, MARTINA: Die magischen Stätten der Frauen, München 2000

SCHMIDT, MICHAEL; Die alten Steine, Rostock 1998

SCHMIDT, INGRID: Götter, Mythen und Bräuche von der Insel Rügen, Rostock 1997

SCHNEIDER, HERMANN: Götzen, Geister, Riesenweiber - Sagen von Rügen und der Ostseeküste, Wolfsheim 1997

VÖLKEL, ULRICH: Zwei Riesen im Sund- Sagen von der Insel Rügen, Berlin 1988

BAA-9

Rügen erleben mit
Verlag
grünes herz®
RAD- UND WANDERKARTE
NEU
WITTOW
KAP ARKONA
MIT DRANSKE, WIEK, ALTENKIRCHEN PUTGARTEN, BREEGE UND JULIUSRUH
1 : 30 000
RAD- UND WANDERKARTE
NEU
MÖNCHGUT
GRANITZ
MIT BINZ, SELLIN, BAABE, GÖHREN THIESSOW, GAGER, MIDDELHAGEN
RAD- UND WANDERKARTE
NEU
HIDDENSEE
UMMANZ
MIT ORTSPLÄNEN VITTE, NEUENDORF, KLOSTER
1 : 30 000
RAD- UND WANDERKARTE
NEU
HALBINSEL
JASMUND
MIT GLOWE, LOHME, SAGARD, SASSNITZ, RALSWIEK, LIETZOW
1 : 30 000
RAD- UND WANDERKARTE
NEU
ALTEFÄHR
ZUDAR
1 : 30 000
RAD- UND WANDERKARTE
NEU
BERGEN
PUTBUS
1 : 30 000
RAD- UND WANDERKARTEN
6 KARTEN EIN PREIS!
RÜGEN
& HIDDENSEE
1 : 30 000
ORTSPLÄNE
Rügen
Bergen
Sassnitz
Putbus
Garz
Binz
Sellin
Göhren
Baabe
Thiessow
FAHRRADKARTE
NEU
Rügen
& Hiddensee
1 : 75 000
FREIZEITKARTE
RÜGEN
STRALSUND
UND HIDDENSEE
1 : 100 000
MIT ORTSREGISTER
WANDERKARTE
NEU
RÜGEN
& HIDDENSEE
1 : 50 000
mit 9 Ortsplänen
Rügener Radeltouren
Berndt Borrmann
FERIENKARTE
RÜGEN
Klicken Sie uns an...
www.gruenes-herz.de
Verlag grünes herz • Ilmenau und Ostseebad Wustrow
Tel.: 0 36 77 / 6 30 25 • info@gruenes-herz.de

Demmler Verlag GmbH

FISCHLAND
DARSS & Zingst
Sagen und Geschichten
Neu erzählt von Krystin Liebert
96 S., 23 Farbfotos
Br., € 7,80 EURO

ISBN 978-3-910150-84-3

HIDDENSEE
Sagen, Märchen und Schwänke
Hrsg. nach Quellen
von Hans Findeisen
96 S., 30 Farbfotos
Br. € 7,80

ISBN 978-3-910150-90-4

USEDOM
Sagen und Geschichten
Neu erzählt von Egon Richter
80 S., 11 Farbfotos
Br. € 7,80

ISBN 978-3-910150-10-2

RÜGEN
Sagen und Geschichten
Vorgestellt und erzählt
von Krystin Liebert
96 S., 23 Farbfotos
von Lutz Gebhardt
Br. € 7,80

ISBN 978-3-910150-83-6

GRIESE GEGEND
Sagen und Geschichten
Sitten und Bräuche
Hrsg. von Hartmut Brun
88 S., 18 Farbfotos
Br. € 7,80

ISBN 978-3-910150-12-6

MÜRITZ
Sagen und Geschichten
Hrsg. Susan Lambrecht
96 S., 23 Farbfotos
Br. € 7.80

ISBN 978-3-910150-55-3

Demmler Verlag GmbH
An der Bäderstrasse 7 c
18311 Ribnitz-Damgarten
Tel. 038 21/ 70 63 97
Fax: 038 21/ 70 88 76
info@demmlerverlag.de
www.demmlerverlag.de

Die Bücher sind in allen Buchhandlungen oder direkt beim Verlag erhältlich.
Auch über den Verlag grünes herz unter bestellung@gruenes-herz.de zu beziehen.

Herausgeberin:

Krystin Liebert, geb. 1977 in Schwerin

„Mich interessiert das magische Mecklenburg. Sagen verbinden uns mit der Seele unserer Ahnen."

Fotos:

Dr.-Ing. Lutz Gebhardt, geboren 1952 in Weimar, studierte an der Technischen Hochschule Ilmenau Elektrotechnik. Heute leitet er seinen 1992 gegründeten Verlag „grünes herz". Seine ersten fotografischen Wege beschritt er während seiner Studienzeit (1973-77). Mit der ersten größeren Fahrradtour, die ihn 1986 gemeinsam mit Jens-Ulrich Groß (Chemnitz) in die damaligen mittelasiatischen Sowjetrepubliken Tadschikistan und Usbekistan führte, bekam die Fotografie für ihn einen neuen Stellenwert.